KB020019

현대시세계 시인선 108

장미는 어느 길로 꽃을 내는가

허효순
시집

장미는 어느 길로 꽃을 내는가

허효순
시집

도서
출판 북인

시인의 말

약한 사람은 자기 자신을 바꿀 수 없고
상대방 입장이 되어주는 법도 모른다고 한다.
시를 쓰는 것이
강한 사람이 되는 것은 아닐지라도
상대방의 마음이 되어볼 수는 있지 않을까.
그리하다보면 관계라는 아름다운 말이
따뜻해질 것을 기대한다.

2019년 시월
허효순

차례

1부

발자국

펄펄 내리던 눈이 그치고 난 뒤
에돌아가야 할 길을 가로질러 가기로 한다

점 하나 보이지 않는 길은 그저 순백으로 잠잠하다
걸으면 걸을수록 삐뚤삐뚤한 발자국이
빼꼼 나를 돌아다본다
나름의 질서다

생활은 숨겨진 것이 아니라
저처럼 조용히 드러나는 것일 뿐인데,
이제 큰 길에는
누구인지도 모를 발자국이 뒤섞여
어지럽다

시작과 끝이 다른 것 또한
이 길이 나를 선택한 것은 아닐까

그렇다
평범한 아주 평범한
그러나 아무도 가지 않는 방향은
여전히 숫길이다

그러니까 결국

그늘은 관심의 테두리에서 자라는 것인지
살얼음을 키우고 있다

무릎이 꺾이며 발목뼈에 금이 갔다

깁스 안은 근질근질 햇빛을 기다린다

침 한 방으로 나았던 열네 살이
살며시 병실 창을 들여다본다

내가 기억하는 나는 부질없다
또한 나였던 것들이 나와 마주서려 한다

깁스 언저리에 손가락을 밀어 넣어 긁고 있는
손톱 사이로 내가 살아온 날들의 딱지가 끼어 있다

뒤로 갈 때마다
왜 자꾸 손목에 힘이 들어가는 것인지
휠체어가 회전하며 열네 살도 기울고 있다

하얀 치마저고리 바싹 마른 그녀 뒷모습
들국화 듬성듬성 하늘거리던
비탈진 언덕에 쓰러져 쉬던 지친 얼굴

시큰거리는 기억 덧나 푹푹 쑤시는 여름

먼저 내딛는 목발처럼
그늘이 아픈 나를 부축하고 있구나

그러니까 결국
앞으로 밖에 갈 수 없는
뒤로는 가지 못하는 미래를 열 수밖에 없구나

초보운전

자동차가 뒤뚱거리며 차선을 밟는다
좌충우돌 내 젊은 날인 듯
차 뒷면에 당당한 초보운전

오래 전 나도 저 꼬리표 달고
그것을 떼어내기 위해
얼마나 많은 위태로운 길을 만났던가

낯선 여정에서 마주치는 것들
때론 우회해야만 했던 날들
나는 그 어디쯤에서 이곳으로 접어든 걸까

앞차는 차선을 바꾸지 못하고
몇 대째 오른편 차들을 그대로 보내고 있다

방향지시등 깜박거리듯
나도 여러 갈래의 길에서 주저했다
갓길, 앞지르지 못하는

속도를 맞추어야 하는, 함께

급한 마음 잠재워야 할 때
더디 가야 할 때

내가 너에게로 갈 때
네가 나에게로 올 때
저리 망설였을까

우리는 여전히 길고도 머나먼
초행길에 있다

장미는 어느 길로 꽃을 내는가

넝쿨장미가 방향을 어떻게 정했는지
저마다 줄기로 중학교 담장 울타리를 감아오른다

길 건너 왼쪽 오른쪽에 수원 월드컵 경기장과 구치소가 있다

많은 길은 선택할 수 있으나
모든 길을 선택할 수는 없다
장미 터널을 지나 아이들은 어디로 갈까

소음처럼 섞여오는 이파리가 장미를 흔들고 있다
바람이 결정한 향기는 이내 운동장으로 흩어진다

몽우리 같은 아이들이 계단을 오르내리며
혼합 속에서 섞이는 개별

그러나 아직은 이 질서가 어지럽다
그러나 아직은 너희의 계절을 알 수 없다

호송차량이 길을 따라 구치소에 가닿을 때마다
몇몇 꽃들이 그늘에서 시들 것이다

이미 떠나온 곳에서 멀어져갔지만
떠나갈 길이 더 위태로운 거라고
넝쿨이 꽃의 중심에서 줄줄이 휘고 있다

천천하고도 오래,
담장 너머 꽃 피는 소리가 시끄럽다

꿈이 벽을 지나

머릿속 신경들마다
어떤 길로 나아가야 하는지
걷고 또 걷는다 시베리아 벌판 같은 길,
아득한 공중에서
햇볕이 내 안 사이사이까지 채워져
일렁인다

여기가 어디인가 싶어 뒤척이다 깨어보면
벽이 오른팔을 기대주고 있다
아이보리 벽지 너머로
햇빛에 눈밭이 녹아가는가

가능한 모든 곳에 스미는 물
구석구석 파고드는 빛
저것들이 어떤 생각의 질량과 무게로
내게 스며오는 걸까
꿈에서 축축한 손을 쥐면
현실에서도 손에 땀이 밴다

나는 저 햇빛과 물처럼

조건 없이 스며들지 못한다
꿈속을 헛디디다
이내 허우적거린다

그저 나는 걷고 있는 것이다

어쩌면 책의 행간에서 길을 잃고
꿈으로 접어들었는지 모른다
그러나 끝끝내 가야 할 그곳,
현실은 막막한 두께로 일상을 덮을 뿐

깊은 꿈을 꾼 날 아침은,
다리가 저리다

길을 가는 꽃들에게

진보라 죽음기로 끌어모으는 소리
씨방 속에서 서성거리고 있다

견고한 표정 없는 거리
푸르디푸른 햇살의 힘줄이 끌어당긴다

마지막으로 포옹하듯
오므라드는 나팔꽃

바람이 불 때마다
명멸하는 잎들이 허공을 감아오른다
말할 수 없는 이별이
먹먹하다

삐뚤삐뚤 울타리를 근근이 비켜올라서 본다
구름의 문을 열면 쏟아질 것 같은
말들
낡은 의자에 핀 옹이는
누군가의 눈빛이었던가

한번도 마주한 적 없는 서툰 고백
즉시 시들 것
절대로 잊지 말 것
그대로 기억할 것

허기진 길 위로 밤이 온다
저무는 향기 둥둥 떠다닌다

소음의 간격

방음벽 너머 자동차 소음이 하얗게 쏟아지는데
이쪽 눈 쌓인 나무들 아래와
보도블록은 고요하다

옹벽 위 찍혀 있는 발자국이
아파트를 깊은 오후로 끌고 간다

말라비틀어진 넝쿨을 근근이 감아올리며
퇴색해가는 방음벽은
소음을 견디느라 가늘게 떨고 있다는 걸
왜 몰랐을까

저승과 이승의 간격이 이럴까
풍요와 가난 사이가 이런 것일까
길을 걷다 문득 드는 생각

꼬리가 없어 산으로 못 올라가는 여우 같은 사람이
겨울나무 옆에 서서 두 손바닥을 비빈다
꼬리를 기다리며 한 생이 가는데
오늘은 아이돌의 한 멤버가 자살했고

성빈센트병원에서 한 아이가 태어났다

본질이 끼리끼리 몰려다니며 의미를 부풀리는 동안

그늘 아래 저 눈은 오래도록 녹지 못할 것이다
방음벽을 뚫고 들어오는 소문은 괴괴하다

그대여, 녹게 하라
겨울이 모두 가기 전 흘러내리게 하라

헛된 듯 아니 결코 헛되지 아니하게
바람이 봄을 불러들이고 있다

창틀

오래된 눈물을 가두고 있는 얼룩
결국
창문의 기록은 창틀 사이에 남는다

눈물도 고이면 먼지를 끌어들이며
딱지처럼 딱딱하게 굳어간다
엉켜진 얼룩은
수많은 눈물의 검은 유적이다

사람에게는 저마다 창이 있는 것일까
창틀 없는 창은 넘치도록
많은 것을 보느라 볼 수 없다

눈물이 투명하다고 정해져 있다면
검다는 것은 빛이 자글자글 타들어간
흔적이 아니었을까

창을 닦으며
창틀 꼬깃꼬깃 박힌
쉽사리 떨어지지 않는

웅어리를 송곳으로 긁어낸다

보이지 않는 차이를 품고도
어느 쪽으로 내어야
창은 눈물을 감출 것인가

오래된 얼룩에서 눈물 냄새가 난다

늦은 귀가

옛 친구 만나 늦도록 수다 떨다가
막차 놓칠까봐
동동주 한 잔 남겨놓고 돌아서는 길,
맑은 보름달이 떠 있다

멀리서 다가오는 버스 안에는
밥알 같은 사람들이 동동 떠 있고
가라앉은 밤을 가로등이 휘휘 젖는다

외손녀 밥알 먹는 입만 고와 보여
누룩 남겠다,
발효된 할배의 미소
술이 취하기만 하랴
고슬고슬하게 주발에 소복한 밥을 놓아
물을 떠놓는 날들

꾸벅꾸벅 졸다 보면
어느새 터널이 다가와
버스를 벌컥벌컥 들이킨다
구름이 트림하는 밤이다

풍란

그렇습니다
살아 있다는 건 참 좋습니다라고 전하는
그의 말이 아픕니다
시들대로 시들어 엎드린 란에
가느다란 막대기를 세워주었더니
여린 잎으로 간신히 붙들고 일어섭니다
더 이상 오래 가지 못한다는 햇볕은
의사의 진단처럼 야속하기만 합니다
그래서 그는 정오가 가장 아픕니다
처음 꽃을 틔웠을 때
바람을 타고 달리던 모습이 눈에 선합니다
그때처럼 꽃향기 밑동에 묻어오는데
초록이 출렁이는 건 그리움 때문입니다
받침대를 딛고 오늘은
기어이 일어섭니다
살아 있다는 건 참 좋습니다
그렇습니다

환승역

스크린도어가 열리고 사람들이 쏟아져나온다

문득 어디선가 본 듯한 그가 곁을 지날 때,
어? 라고 말했던가

세월이 어디에 가 닿았든
아
우리가 한때 헤매었던 미로 같은 날들
이렇게 살아 스칠 수도 있구나

이게 얼마 만이냐고
그동안 어떻게 지냈냐고
말과 말이 소음에 섞이는 사이,
또 만나자, 이 다정한 목소리
때로는 쓸쓸할지도 모를
순환선 어딘가 상행과 하행이 겹쳐질지도 모를
눈빛과 눈빛이 교차할지도 모를

그러나 우리는 떠나는 중
막차를 갈아타는 환승역,

시간은 잔잔했네

서로 입 모양으로 발음해보는
그래, 또 만나자
그 말을 차창에 대고 만져보네
오래

눈물

오래 의지하며 지냈던 지인의 장례식장에서
돌아오는 건널목,
목련나무 한 그루를 바라본다
활짝 피었던 꽃잎이 바닥에 떨어져
검게 변해가는 것도
당신과 나, 소관 밖의 일이다

나무를 받쳐주고 있는 지주목이
유독 애처롭게 보인다
한때는 땅에 뿌리내린 나무였으리라
깔끔하게 다듬어졌을 지주목이
지금은 색깔이 변하고 껍질도 말라 있다
그러나 설 수 있는 한 끝끝내 본분을 다하라고
둘러진 끈이 지주목을 놓지 않는다

나도 누군가를 위해서
오랫동안 버텨준 적이 있었을까

지주목은 여린 나무를 키우고
꽃을 지켜보다가

비로소 남루해진 자신을 내려놓을 것이다

가만히 지주목을 만져본다
껍질이 바스락거리며 부서졌다
우두커니 서 있는 내 옆을
햇살이 받쳐주는 것만 같아
한번 더 울었다

생일

수평선에 드리운 긴 저녁놀이 촛대처럼 꽂혀 있다
점점 타들어간다는 것
내 남은 날들은 얼마나 이 저녁을 기념할 수 있을까
나는 지는 해처럼 두 손 모으고
가만히 기다린다

시간이 훅, 불어 끌 것 같은
붉은 저녁

케이크 위에 켠 촛불
어떤 표정이 몇 개의 초를 밝혀온 것인지
한 점 속으로 겹쳐지는 얼굴들,
온기가 심지까지 전해진다

살면서 흔들릴 때마다
저 불꽃으로 바꿔 입은 바람,
한순간 꺼졌다가 다시 피어오르기도 했던가

파도가 연신 창문가로 부딪쳐오는 소리
왔다갔다 박자에 맞춰

사람들은 손뼉을 치고 있다

썰물은 갯벌 한 쪽을 잘라낸다
민박집 불빛이 달큰하다

무관심 혹은 관심

성당 앞 마리아상이 눈길을 떼지 않는다
순간 나는 한 걸음 뒤로 물러선다
단풍나무 연한 새순이 돋는 곳까지
눈동자는 따라왔다
저 잎이 계절을 지나 붉은 낙엽이 되리란 걸
꿰뚫듯
나의 모든 것을 지켜봐온 것만 같아
미세하게 살갗이 움찔거린다
저 회색의 눈동자,
나에게 초점 맞추고 다가오는 것인가
나무에 불어넣은 시간은
석양을 타고 기약 없는 겨울로 가고 있다
나는 죄지은 것 없이
아니 허물이 많아 힐끗거리며
멀리 돌아 문을 빠져나온다

SCHOOL ZONE

제한속도 30km,
아이의 발걸음에 맞춰
차들이 종종거린다
모든 속도가 이곳에 와
유년을 다독인다

나는 제한속도 벗어나 어디까지 왔을까
그 몇 배 이상 지나가고 있는 지금

금지된 구역에서는 하고 싶은 것도 많았다
과속으로 첫사랑을 지났고
과속으로 청춘의 턱을 넘었다

이정표는 동요 없이 분기점에 서 있는데
길이 없다는 막막함

추억조차 제한속도에
노랗게 줄을 긋고 있다

진입로 CCTV

무심한 하루에 섞여 멈춰 있다가도
일순간 속도에 눈을 번쩍인다

CCTV가 모퉁이 돌아나오는 갓길
시속 40Km 안에만 있는 세상

앞산이 먼저 다가와
철조망 위로 넝쿨손 내민 초행길
회로 속에서 작동하는 저 눈은 무엇을 바라보려는 것일까
상처처럼 긁히는 나와 차 번호판과 앞 유리가
선명하다

급브레이크를 밟는다
옆 차선으로 트는 바퀴에서 자갈이 튄다
순간 출렁대며 멈추는 길,
막막한 길 끝에 다다르면
폐쇄도 열릴 수 있을까

핸들에 부딪힌 이마가 얼얼하다

어댑터가 되고 싶어요

트럭이 건널목에서 신호대기 중이다
짐칸에 새끼줄 칭칭 감아맨
벚나무 몇 그루,
벚꽃을 치렁치렁 늘어뜨리고

영원하지도 안전하지도 않아
길 위에서 흔들리는 뿌리가 봄의 끝으로 실려가는 게지

아무것도 모르는 천진한 벚꽃 뺨이 웃고들 있었어
발그레 붙어 있던 꽃잎
쌀쌀한 바람에 흔들리며

벚나무는 엉킨 전선줄처럼 코드가 빠진 어댑터,
땅 어디든 꽂아만 준다면
금방이라도 환해질 것만 같았지
저녁놀이 능선에 꽂혀 붉게 켜지는 저물녘

여전히 흔들리는
아아
타버리지 말아요
어댑터가 되고 싶어요

햇살의 각도

연두빛 아카시아 이파리
바람에 휘둘려
평면으로 내려온 햇살을 꺾어놓고 있다

느닷없이 바람이 가슴 문을 마구 흔든다
그 아래 정류장에 서 있는 사람
저세상으로 떠난 그니 같아 다시 쳐다본다

버스 안 덜렁거리는 손잡이들,
아카시아 잎 떼어내듯
저 둥근 고리 하나씩 잡고 가다가
결국 이별을 했을 것이다

죽은 아내를 꼭 닮아
몇 정거장 따라왔던 서글픈 사내
문득 떠올라 아득해지는 오후

비로소 시린 굴절을 내려놓고
뒤척이던 그날이 흘러왔나보다

고요히 머물기에는
너무 푸르러
연두의 날들을 잊었다

물방울 하나가 이파리 끝에 매달리면
앞과 뒤 저처럼 다르게 빛날 수도 있는 거지

향기를 밀고 오는 버스 차창이
눈부신 아카시아 잎들만 같아
누군가를 무작정 기다려도 되는 날

불혹

벌판 중간쯤
서 있는 나는
미처 영글지 못한 용서까지
덤벙덤벙 따라간 저물녘

길이 갈라진 자리에 불빛이 켜켜이 스며들고
내 안의 허물도
까맣게 물들어 찾아헤매던 끝

한 생이 피고 지던 기억에 서면 멀미가 난다

서로 다른 예감의 무게가
비워지지 않고
안으로 채워지는 무렵

당신을 놓치는 순간
보름달이 뒷덜미를 잡아채며
돌아본다

낙엽 시편

바람이 마구 흔듭니다
안간힘을 다하고 있는 나뭇잎 뒷자락은
고개 돌릴 틈이 없습니다

쉴 새 없이 걸어온 길을 돌아봅니다
지나쳤던 길도 샛길로 다시 다가오는
한낮,
저 나뭇잎과 다를 바 없던 날이 거기 있습니다

찡그린 날씨가 낯빛으로 묻어날까 생각도 해보는데
덜컹거리고 있는 나뭇가지 앞에서
할 일은 아닌 것 같습니다

내려놓기까지 허공이 멀게만 보일 때
그것이 바람 한 줄 차이라는 걸
이제야 깨닫습니다

설거지

등을 맞댄 차가운 체온
누가 먼저 담겨주길 기다리는 빈 그릇
서로 문양이 달라 장식장 안에 있어도
그 집안에 있어도
제각각 식탁에 섞일 줄 모른다

기척 없던 집안
삼삼한 맛이 돌아도
식구들은 여전히 말이 없다

접시는 눈치를 받아내고
혹은 무료한 TV에 들썩이거나
가라앉은 음식 냄새에 깃들기도 한다

거푸거푸 닦아 차곡차곡
크면 큰 대로 작으면 작은 대로
비집고 포개지면 안 될까

잘 포개놓은 층이 엇나갔는지
위층과 아래층에서 아귀 맞지 않은 소음이

저녁내 들리던 날,

누군가 초인종을 꾹 짜놓는다
시비에 거품이 일고
밥 먹다만 개수대 안처럼
우리는 그제야 한통속이 된다

2부

기다림

낡은 평상 위 노인,
구겨진 허리를 폈다 접을 때마다
무릎은 헐렁한 단추처럼 흔들거린다

긴 골목 따라와
칙칙 물 뿌리듯 흩어지는 햇볕이
아지랑이로 가물거리면

가지로 튀어나온 둥근 망울들

노란 버스 멈춰 선다
문이 열리고
구김살 없는
아이 하나 내리고 있다

주름이 펴지고
가슴이 펴지고
등이 펴지고
구겨진 것들이 펴지는
봄

노랗게 질리다

소방서 뒷길 보도블록이 촉촉하다
틈 속에는 동그란 스피커도 있고
전선 같은 줄기가 나와 있다

봄은 시간이 틀려
날씨를 맞추려고 하는데
출구가 보이지 않아
차례대로 버튼을 누르는
발자국들 분주하다

마지막으로 한번 더
누르고 하이힐이
내딛는 순간
가늘게 외치는 빛의 음성
비상! 비상! 비상!

보도블록 속에서
회오리치며 솟구쳐 오르는 꽃대들
울컥울컥 노랑을 쏟아내는
민들레

마을버스

녹색 버스가 정류장에 정차해 있다
새순 같은 앞문으로
학생이 열린 부름켜 속으로 줄줄이 올라선다
거스름 동전 토해내는 쨍그랑,
이슬 터는 소리 같다

아저씨 백 원 더 주세요, 저 초등학생인데요,
그으래? 정말이냐? 난 중학생인 줄 알았다,
고맙다 고마워 주고 말고 암

운전기사가 기어를 넣으면
바람이 다가와 차창에 슬그머니 달라붙는다
봄이 내 옆에 앉는다
학생을 태운 버스 그림자도
제법 키가 크다

빨간 입술

씻어내지 못한 민낯 같은 어제가 창백하다
쭈글쭈글 입술이 마르는 밤

하교 후 버스에 오르는 입술이 새빨갛다
요즈음 트렌드인가, 새빨간 약속인가
이미 앉아 있는 여학생들도 그렇다

버스가 멈춰 선다
신호등이 새빨갛다
너는 누구의 연인인가

한밤중 세수를 한다
시계가 한 바퀴 원을 그려 칠해놓은 하루

만원 버스가 정차할 때마다
빨간 루즈 자국이 덜컹댄다

재잘대던 새빨간 입술이 정류장으로 떨어진다
둥둥 떠다니는 남은 것들은
사브작사브작 스며드는 어둠을 받아먹는다

단풍나무가 나풀대는 거리

달아나는 잠을 오므리고
다시 눕는다
똑바로

고모의 빨간 구두

마당 한쪽 앵두나무에 빨간 열매가 달렸습니다

앵두 달린 가지가 돌담을 넘어 흔들리면
자전거 타고 달리던 사내들도 뒤돌아보지 않고는 못배겼지요

당신 참 예쁘네요

앵두나무는 무심한 척 얇은 가지를 흔듭니다
나도 콧방귀를 뀌며 앵두나무 눈치를 살핍니다

지금은 늙은 앵두나무
빨간 구두 신었던 발걸음보다
멀리멀리 계절을 지나갔어요

당신밖에 없어요

그런데 왜
거짓말은 새빨갛지요

크리스마스 이브

도화지 속에서 아이가 나와
크레파스 숲을 걷는다
무지개로 구부려놓은 길은 지도,
선물상자 쌓아놓은 성城엔
색종이로 접힌 산타가
사슴을 밤하늘에 붙이고 있다
딱풀 칠해진 별이
졸음에 눌러지면

산타 할아버지는 멀리서도 잘 볼 거야

굴뚝을 타고
겨울은 어디론가 흘러가고
마차가 트리를 한 바퀴 돌아나오면
자루처럼 궁금증이 내려진다

선물은 어디에서 가져오나

아이가 빨간색 칠하고 또 칠해
그 안을 들여다보는 밤

오르골이 돌아가고 있다

동백 탭댄스

이른 봄 오동도에 갔었네
동백나무는 쭉 뻗은 가지 끝마다
붉은 멍울을 신고
숭어리 채 얼어 있었네

회색 시멘트 바닥 같은 하늘에
가지런히 가지를 내려놓은
동백나무는 한겨울 눈송이 속에서도
선연하게 리듬을 피워낼 태세네

꽉 조여져 있는 동백 슈즈 속으로
햇빛의 힘이 전해지면
검은 머리 동백기름 바르고 반짝이며
올백으로 넘긴 정오,
먼 곳 바라보는 탭댄스가 시작된다네

따닥따딱 딱딱따닥
미묘한 끌림,
가지들이 공중을 쇠징처럼 디디면
동백꽃 봉오리가 조금씩 열려지네

파도는 관객처럼 몰려오고
일제히 환호를 내지르는 포말들,
흥에 겨운 동백나무숲이
어깨를 으쓱으쓱 들썩이네

미루나무

노곤한 햇빛이 들녘을 가로질러오면
동구 밖 미루나무는 하얗게 뒤척이며
이파리에 매미 우는 소리를 매달았지
기다리고 기다려도
곧게 뻗은 미루나무길

뒤란에 활짝 핀 백합도
삼촌이 군불에 구워준 우렁이도
다락에서 달큰해진 조청도
소금물에 익어가는 땡감도
손대지 않고
엄마 사진만 만지작거리던 아이
마당 저편 오래도록
손 흔드는 그늘

문고리에 고이는 저녁이 하염없이 저물고
한 쪽에는 풀 타는 연기가 날벌레를 쫓다
할매가 들려주는 옛날 얘기를 기웃거린다
멍석에 엎드려 더 해달라 조르면
변소에서 하얀 손 빨간 손이 나오기도 했을까

정작 엄마가 온 날 아이는
할머니 치마 뒤에 숨어들고 있다
동구 밖에서 걸어온 미루나무들
이파리 뒤척이며
햇빛을 뚝뚝 떨구고 있는데

수국이 필 때

꽃의 행렬이 앞산 고개 넘어 허니문처럼 오는데 동구 밖이 술렁이고 마당이 시끌벅적하였지 신부처럼 앉아 있는 꽃대를 기웃거리며 바람은 수군수군했어 창호지를 검지로 뽕뽕 뚫듯 흔들리는 그림자

연지 곤지 찍고 고개 숙인 얼굴이 분 바른 분홍색인지 달아오른 붉은색인지 알 수 없었지 공연히 신나는 마음으로 몇 집 건너 만발하게 오가던 몇 날이 지나고 노랑저고리 다홍치마, 하얀 앞치마 두르고 오가듯 기웃거릴 때

온통 얽어 있는 얼굴, 곰보라는 귀엣말이 담장을 돌았어 골목은 화단을 키우며 꽃들만 바라보고 사는지 가끔 앞마당 끝에 서서 천연두 자국 구겨지도록 웃고 있었지 앞산을 아련하게 바라보던 소식이 그 고개 넘어가고 있을 때

어디로 가는 걸까

　툇마루 앉아 있던 할아버지가 막걸리 주전자 들고 돌아가네. 마루에 놓인 양은대접 물인 줄 알고 마신 나는, 빨간 책가방 메고 뒤따라나서네. 도깨비에 홀린 듯 밤새 들판을 건너가는 할아버지. 겨울바람은 등에 멘 가방을 따고 뚜껑을 열었다 닫았다 잠그려고 하면 넘치는 달빛이 바닥에 얼룩지네. 길은 군인들이 빼곡하게 쳐놓은 야전 천막으로 흘러가네. 출렁거린 막걸리가 좁은 논길을 내고 있네. 할아버지는 말이 없네. 나는 발이 자꾸 미끄러져 뒤뚱거리네. 할아버지, 돌아오세요. 문득 발걸음을 멈춘 그곳, 할아버지 환하게 돌아보고 다시 길을 가네.

라일락 지는 저녁

뒷문 두드리는 라일락 향기가 조용히 다녀간다
누군가 몰래 서서 바라보듯
밤은 담담하다

네 갈래 대롱 모양 라일락꽃처럼
사람 마음도 이와 같아
기울면 기울수록 짙어지는 자줏빛

그녀와 나는 이렇게 이별하는 것인지도 모른다

테라스가 계절을 당겨와 꽃을 매다는 저녁
기억은 폴폴 날리는 한시절이야
잊히지 않는 것들만 무시로 가지를 뻗고

비어 있는 꽃자리에서 천연덕스럽게 앉아 있는 나,
졸고 또 졸고 깨어보면
어둑한 차창뿐인 과거로 가는 열차

힘없는 꽃잎이 바람을 타고 떠나네

소쿠리

소쿠리는 할머니가 담아주는 유일한 그릇,
머리에 이고와 내밀면
풋과일이나 고염, 산딸기가 수북하다

할머니 옆구리에 붙어 밭으로 따라나서면
들깨 고소한 이파리 그늘이 있었다
길쭉하게 달린 오이는
따끔따끔 어린 팔뚝을 깨물지만
여린 새끼 가지는 보드라웠다

할머니가 하얀 승합차에 실려 떠나자
남아 있는 빈 소쿠리는
빠진 댓살로 고요를 꿰고 있다

웃자란 열무들이 축 늘어져
기다림에 말라갈 즈음
고갯마루에서 버스 한 대가
넘어온다

열무 한 단 같은 시내버스에 담겨
나는 내내 꿈을 헤아려놓는다

떠나지 않기

저녁쌀 씻어 압력밥솥에 앉히다가

아침부터 서두르던 엄마 외가에 가시고 나는 온종일 혼자서 구슬치기 사방치기 핀치기를 앞마당에 앉혀놓고 졸았네 해 그림자 슬그머니 걸어와 솥 안을 기웃거리다가 기대놓은 싸리비 넘어뜨리면 화들짝 깨어 눈 비비며 일어난 밥때, 손등 반쯤 올라오게 물 붓고 자작자작 기다림 높이만큼 밥을 짓네 연탄불이 솥을 달랠 때 모락모락 김 새는 뚜껑을 몇 번이고 열어보네 엄마의 얼굴처럼 뽀얗게 웃는 밥알들, 큰길가로 연기를 모락모락 실어나르네 그 냄새 따라 밤이 오고 엄마도 잘 따라올까, 내가 밥 다 했어 머리 쓰다듬어 주고 밥솥 열더니 시장해서 더 해야겠다 쌀 일어 솥뚜껑 덮고 불 다시 지폈지

치익칙, 밥솥이 김을 내뿜자, 삼층밥처럼 일어서는 엄마 생각

64

수놓는 남자

사내는 달빛 펴놓은 마당을 바라본다
줄기가 꽃잎을 꽂아
울타리 위로 밀어올리는 밤

사랑으로 돌아오지 않을 간격이
꽃과 꽃 사이에서 시들고 있다

몇 평 안마당
어둠이 꿰고 엮어놓은 과꽃이 가득하다
비로소 가늘게 젖은 눈물이
시침처럼 기억을 빠져나가면

이제야 별이 떠진다
수놓듯 색실로 이어지는
그 집

그리고
거기

그녀가 서 있었다

이별

습한 역으로 저녁이 다가가자
공중에서 펄럭거리는 비둘기 떼,
어깻죽지 밑은 가방처럼 시들어 있다
나는 휘청대며 무른 구름 같은
안전선을 끌어당긴다

창백한 밤은 돌아오지 못하리라
현재도 미래도 아닌 이미 지나간
그 막막한 진동을 견뎌야 하다니

깨진 유리조각을 심장에 꽂듯
어리석은 사념이 레일에서 돌아나온다
목을 꺾고 새우잠에 든 나
첨탑 위에 걸려 있는 어스름이
온몸을 휘감고 돈다

지나간 것은 다시는 오지 않았다는 듯
또 누군가의 이별이 환승 중이다

문득

앞산이 봄의 한순간을 지나고 있다
단지 한밤을 지났을 뿐인데
저리 화들짝 필 줄 누가 알았으랴
그날부터 비가 내려
피기도 전에 다 질까 안타까운 마음은
정녕 저 꽃들을 위한 배려인지
잠시 누릴 호사를 잃게 될까 아쉬운 건지
돌아보는 것이다
벚꽃 이파리 휩쓸려간 저편,
아깝다 아깝다 바라보는데
바람 불어 꽃잎이 한없이 날린다
그 사람 생각
왈칵 눈앞을 가린다

양말

나이든 혼자 사는 남동생이

그저 흔한 양말 한 켤레 건네주네.

한참을 들여다보았네.

불 꺼진 그의 방이 생각나네

세탁기에 돌리지도 못하고 손빨래하네.

그에 관한 삽화

저녁내 앓는 몸이 허기로 돌아눕는 밤

그가 주머니에 어둠을 구겨넣고 들어왔다
검은 비닐봉지가 미열로 부스럭거릴 때
벗어놓은 외투에서 툭,
지갑이 떨어졌다

삐져나온 사진 한 장
환한 정원이다, 철도 없이 만나러온
그에게도 미소가 피었다
마음만 앞서 덩굴처럼 손을 내밀었지

편두통이 풀어내는 투정을
그가 눈빛에 담아넣는다
문법에 맞추려고 모아둔 자발없는 단어들
할 말 많아 아무 말 하지 못하는 걸까

사진 조각에서 피어난 듯
그가 비닐봉지에서 꺼낸 국화빵

핑 도는 눈물이 앙금이다

이팝나무

공터가 풍로처럼 햇볕을 돌리면
나무의 꽃송이 속에는 튀밥이 든다
손으로 양쪽 귀 막고 서 있는 철봉들

뻥뻥뻥 탄성 지르며 하얀 튀밥 그득 채운 남향이
철망 자루 같다 잎으로 엮은 가지도
덩달아 들썩인다

나무 밑 떨어진 튀밥에 입맛을 쪽쪽 다시는 그늘에게
바람은 팔 휘저어 저리 가거라 하며
남은 꽃잎을 무쇠로 된 통 안에 털어넣고 있다

손톱까지 그을려 있는 나무에게
튀밥 반 자루 덜어가는 봄,
산 자와 죽은 자도 공평하게 주워 먹는 것일까

오후가 엉덩이 하늘로 처들던
장날처럼
이팝나무 뭉게뭉게 줄지어 있다

블루베리 딸 때

한 움큼 훑어 입에 넣는다
산중턱 맑은 태양처럼 달달하다

담청색 알갱이가
분가루 날리듯
이 낯선 산자락에 이르기까지
얼마나 많은 꽃자리를 옮겨 왔을까

북아메리카에서 충북 단양까지
블루베리는 주소를 수없이 바꾸며
전입되어왔던 것이다

옹기종기 붙어 대롱대는 열매
한낮의 그늘이 즙처럼 흘러내리고
그 아래 향기가 흥건하다

야야, 여름이라고
밀짚모자는 해를 툭툭 내뱉는다

첫사랑 추억

놀이터 떠드는 소리를 타고 봄이 오나보다
미끄럼틀로 흘러내리는 들뜬 바람결

어지러운 겨울도 공원 안에서는
한낱 발자국에 채일 뿐이다
해를 끌고온 남쪽이 응달의 북쪽을 녹이고
이러지도 저러지도 못하는 시소를
지긋이 눌러놓는다

사람들은 아랑곳하지 않은 채
신발코에 묻은 오후를 걷어찬다
공중에서 투명하게 번지는
잔설이 해끗하다

바싹 마른 나뭇잎이
바삭바삭한 바람을 들쑤셔놓으면
저기 있잖아, 바로 여기야

이제는 처음인 것처럼
다가오지 않는 설렘

그 어색하지 않은 눈빛을
바라보다가

그래도
지금
누군가 와주었으면

기다림은 허밍처럼
사락사락 속삭이듯 흔들리는
예감이
그네를 힘껏 밀고 있다

3부

염전에 들다

낡은 회색 모자를 쓴 사내가
마을로 돌아왔다 낮은 지붕이
뜨거운 햇볕을 먹는 한낮

숨이 죽은 억센 청춘이 외투 깃에
수그러져 있다 시간은 그에게
수분을 다 빨아낸 듯
자글자글 주름을 채우고 있다

돌아온 빈집은
거무튀튀한 낯빛이다

흩어진 가족을 써레질로 모을 수만 있다면
염전 가득 다시 일굴 수만 있다면
그가 수로를 돌아본다

짠맛도 지나치면 쓰듯
그가 실없이 연신 웃고 있다

주정을 달래다

저물녘 거리의 온도가 얼마나 되는지 소리 없이 끓는다

골목으로 쫓기는 가로등은
시든 꽃처럼 희미하다

혈관을 타고 불콰하게 물들어가는 저녁,
가야 할 길도 돌아갈 곳도 아득해질 때
거리는 위장약처럼 끈적거린다
식도를 따라 내려가면
포만한 어둠이 문을 밀친다

서로 끌어안으려 휘청거리는 교차로 위에는
하늘도 뻥 뚫려 별들까지 마구 쏟아진다
멈추어야 할 때를 잊은 나무들이
붉은 신호등 앞에서 일제히 고개를 숙인다
되지 않는 말로 엉뚱한 수작을 걸며
다가오는 간판들
네모 세모 동그라미가 뒤엉켜
건물의 멱살을 움켜쥔다

바람에 떠밀리는 그때
판화처럼 찍혀 나오는 풍경,
여기가 어디인가
헛웃음 같은 현기증

거기 주저앉지 말라

하롱대는 바닥이 더 이상 주체 못하고
핑계를 끌어안는다

잠깐, 아주 잠깐
담뱃불이 빨갛게 타들어가는 사이
영원할 것처럼
 한 사내가 계단에 걸터앉아 있다

사는 다른 방식

쏟아지는 질문을 비껴가기 위한 것일까
사내가 옥상에서 담배를 빼문다

난관에 부딪힌 것 또한 설 곳이 없었을 뿐
뻗어가던 생각이 너무 자랐을 뿐

한때 분명했던 빛깔
시들지 않을 것 같던 흰 와이셔츠
그것이 꿈을 지나는 거라고
한순간 짙어지는 거라고

자리에 있었으므로
어두워지게 마련이므로
언제나 스미는 것이었으므로

돌이킬 수 없는
저녁이 끊긴

담뱃불 붙이자 꽃대가 똑 부러졌다
밤이 팔뚝을 지진다

이유는 있다

술 취한 그가 냉장고 문을 쾅 닫았다

참기름이 고소해서 국수는 경찰서에 갔고
국수가 다 불어 양파는 누명을 벗었다지
미리 짠 소금이 그들의 간을 본 것인데
냉동 칸에 있던 버터가
한 시간 만에 둘을 데리고 나왔어
살살 녹였기 때문이란다
신문을 읽다가
모든 사건 사고는 원인이 있어
원시인처럼 본능적이지라고
사내가 제 팔뚝의 문신을 훑어보네
사내를 녹이는 것이 냉장고일까
냉장고를 간 보는 것이 사내일까
말의 꼬리가 말의 머리를 물고
맴도는 생각들

냉장고가 일순간 흔들려 일어난 일이다

실마리

옷은 여러 개 구멍을 가지고 있다
몸을 통과하는 구멍도 그 일부분일지 모른다

일과가 끝나면 구멍이 모두 비워지는 셔츠
세탁기에는 구멍난 것들만 가득하다

꽉 채운 단추에서 하나쯤은 풀어도 되는 날
그는 그 구멍 하나를 메우러 다가온다

눈 코 귀 몇 개의 구멍이
가느다란 실 같은 눈빛으로 꿰어 있다
그에게 닿아 있을수록 대롱거린다

빤히 쳐다보고 있는 터여서
옷은 이미 구멍 안에서 완성된다

밖으로 떨어져가는 걸 가만히 지켜본다
실밥이 차올라 넘쳐
단추를 밀어낸 힘은 구멍이다

연정을 생경하게 끌어다 달지 말고
간단하게 말하자
그저 단지
셔츠의 구멍이 더 커진 것뿐이라고

닮은꼴에 대한 반감

손바닥 벌린 사내
전철역 육교 바닥에 얼굴 묻고 엎드린
두 손은 잿빛이다
색 바랜 현수막이 바람을 거머쥔 한때

구부정한 사내의 바지 주머니에서
숟가락 하나 비어져 나와 햇볕을 받는 중이다
등 뒤로 겨울이 어느새 움츠린 허벅지 사이
비집고 들어와 맨살을 감빤다

해는 점점 기울어 허기진 눈망울을 떠넣고 있다
그가 무시로 빨았던 숟가락이
움찔 흔들릴 때마다 쌓여가는 동전과 지폐들

하루하루 끼니를 때우려고
사내가 간직한 것은 그토록 살아내고자 했던
앙다문 어금니,

어스름이 육교 위 사내를
느릿느릿 삼키고 있다

바지

옥상 빨랫줄에 널려 있는 옷가지
저 빠져나간 다리들은 어디로 갔을까
바지는 옷걸이에 허리를 걸치고 뒤뚱거린다
꼿꼿하게 다니던 길에서 돌아와
지금은 세탁된 채 후들후들 떨고 있다

나는 저 빨랫줄에 걸린 것처럼
다리를 길게 늘이고 있지만
텅 빈 관절을 이리저리 굽혀보는 바람

헌옷수거함 옷들도 동남아시아나 아프리카로
모두 떠난다는데,
저 옥상의 바지는 다리를 넣어주고
호크를 채워 어디로 가고 싶을까

저수지로 사람을 데리고 갔다가 일주일 만에
떠오른 바지를 안다
왜 그리 파랬던 것인지

나는 바지에 이끌려 마저 길을 가고 있는 것이다

지하도

기둥과 기둥 사이에서
바쁘게 걷고 또 걷던
발자국이 안과 기둥 뒤로 돌면서 사라진다

감쪽같이 숨겨둔 보물처럼
그렇게 보이지 않는다

내일을 잊고 싶어 돌아나오면
어제가 깜깜하다
그 사이를 걷다 미로에 빠진 오늘

무심히 앉아 바라본 발자국들
어딜 봐도 똑같은 신발이 없다

은신은 교묘하다
틈 사이를 비집고 몰려다니므로
또한 각기 다른 길을 가고 있으므로

어디로 가는지 모르는 까닭은
기둥 뒤가 있기 때문이다

뒤로 돌아 앞이 되어도
그림자는 사람들을 끌고 다닌다

옛 집

지금은 사라지고 오래된 고향 집터에는
아까시 나무가 들앉아 있다

19층 창에서 내려다보는 건너편 아파트 공사장에는
아직도 기초공사 가림막이 높다

나무뿌리가 집터를 샅샅이 뒤지는 걸까
깨진 사기그릇과 고무함지는
둔덕에 박혀 빗물이 고였다

지나다니며 본 고층 아파트들은
크레인이 일으켜주는 대로 쑥쑥
잘도 올라간다 생각했지

아까시 줄기는 끈질기게
허물어진 기둥을 감고 올라서는데
봄날 바람이 불면 먼지는 다지고 또 다져져
많은 날들이 저 아래 땅으로 묻히고 있었다

어느 날 갑자기 생각이 난

우물 자리
지금은 무엇이 고요를 길어올리고 있는지
갑자기란 맞지 않는 거였다

뛰어내리는 것도
긴 시간 속으로 거꾸로 간 것일 뿐
꽃송이 점점이 날리는
오후

추억도 재개발이라는 이름이다

흙의 진격

도로 경계석 끝 시멘트와 흙이 엉겨 있다
깔리는 석양 아래
땅따먹기처럼 도시는 길을 긋고
부동산바람에 시멘트는 급류처럼 밀려왔다
한 블록씩 솟아오르는 아파트,
저녁을 가린
욕심처럼 부푼 애드벌룬

몇 헥타르나 흙을 덮쳤는지
아무리 둘러보아도 콘크리트뿐
숨죽인 흙은 깨진 보도블록이나 가로수 밑동을 기웃거린다

먹구름이 시市의 경계를 지우며
폭우를 이끌고 온다 가로등이 수그리고
네온사인이 미친 듯이 깜박거릴 때
흙은 다시 돌아와 이내 아스팔트에 쓸린다
천둥을 품은 산은 축대를 움켜쥔다
밤새 비바람이 몰아친 새벽,
흙은 시멘트를 넘어뜨리고 쏟아져 내린다
시뻘건 물이 도시 복판에 진을 치고 있다

달팽이관 역驛

청년은 전철 타고 가는 내내 휴대폰을 귀에서 떼지 않는다
소음이 진액처럼 옆자리로 곰작곰작 기어든다
무언가를 연신 나무라듯
신경질적인 어투가 달팽이관에서 어질어질 맴돈다
승객 몇몇이 출구로 소음을 질질 끌고가도
점점 커지는 목소리
아무 말도 안했는데 그 사람이 그러겠어
말을 그따위밖에 못하겠니
알맹이가 빠져나간 껍데기에서
소용돌이치는 말들,
청년의 귀를 타고 나와 오후를 갉아먹고 있다

꽃은 피고 지고

그는 한낮에 가버렸는데
나는 저녁에 찾아나서네

지금껏 어디에다 중심을 두었던가

수많은 결정이 이미 나를 길들여왔듯
때로는 지천으로 꽃을 깔던 봄날의 무게가
마른 잎 붙들고 있는 가지를 버텨왔던 것일까

지날 때마다 너와의 거리는
멀지 않았으나 좁히지 못했다
저 남천은 왜 한겨울에 혼자 붉은가

연은 언제나
남쪽에서 붉었지
나 또한 무시로 흔들리는
푸른 통증 건너 저리 붉어야 하리

그대 붙잡을 수 있다면
오래 남아 수시로 찾아드는

지나간 날을 헤아리진 않으리

저녁 해는 고층 아파트 꼭대기에 걸려
남녘과 북녘을 저울질하고
너와 나의 인연은 그뿐

밤중이 되도록 서성거리는 먼 길에
가로등 불빛이 걸려
자꾸 넘어지고 있다

거품

공장의 긴 굴뚝은 시도 때도 없이
연기를 품어내고

하수구에서 꾸역꾸역
새어나오는 거품
여자가 눈을 감았다 떴다 하는 동안
빙빙 삶으로 빨려 들어간다

염료를 엎은 여자는
뒤로 넘어져 입에 거품 물고
버둥거렸다 질린 얼굴
발발 떠는 손과 발 위로
무심히 던지는 말들

슬픔이 물컥물컥 쌓이자
해진 기도가 흘러내렸다

담장의 이 빠진 지퍼를 열면
소문은 입을 틀어막았다

맨홀처럼 발견된 여자

거품에 섞이고 있었다

작은 손

아이는 의자를 밀치고 고개 뒤로 젖힌 채
양손에 울음을 꽉 쥐고 있다

스푼이 비명을 던지자
바닥이 밥에다 반찬을 짓이긴다

크레파스를 모두 가지고
친구가 만지지도 못하게 하다가
아이는 도화지에 손을 얹는다

어디까지 만지려던 것일까
선을 직직 긋던 꼬물거리는 손가락이
작은 손등을 타고 파르르 떤다

엎드려 잠든 아이를 안아올리면
그림 속에는 새빨간 입술, 짙푸른 눈두덩
샛노란 머리카락
아이의 엄마가 눈을 감고 있다

남매

편의점 안에서 남매가 울고 있다
주인은 일그러진 얼굴로
아이들을 구석으로 밀어놓는다
이천 원이면 팔랑거리며
거리로 나섰을 아이들,
환한 불빛에 꼼짝없이 진열되어 있다
엄마가 술기운을 붙들고
늦은 저녁 편의점에 오자
터진 삼각김밥처럼
그제야 아이들은 졸음의 띠를 푼다
아빠가 돌아오지 않는 24시,
남매는 오늘도 비닐봉지처럼
빈 집구석에 웅크려 잠든다

사과

연말에
알게 모르게 미안한 일
잊어달라고
사과 한 박스가 배달왔다

박스를 열어보니 사과 몇 개가
짓물러져 있다

진물 배인 사과가 그 옆 사과들을 끌어당겨
껍질로 옮아놓았다
사과 하나가 썩기까지
얼마나 많은 동요가 있었을까

TV에 연일 등장하는 사람은
언제 사과를 건넬지 눈치를 보는 중이고

썩은 사과는 아물지 않는다
꼬치꼬치 들추어보면
성한 듯싶어도 중심까지 뭉개져 있다

박스에서 사과를 일일이 골라낸다
향기로는 알 수 없는 일

사과 한 박스를 받고
나는 무엇으로 되돌려줘야 하나
어떤 지지를 보내야 하나

첫 신맛 뒤에 단맛이 들 듯
이렇게 사과는 사과로 먹자
새콤하게

아침

아이는 펭귄 흉내를 내며 사내 옆에 붙어
안으로 폴짝 들어온다 아빠!
엘리베이터는 떨어져나온 빙산의 일각처럼
공중에서 부유한다

왜 여기까지 따라왔어, 어서 들어가

그래도 까만 눈동자 반짝거리며
고개를 들고 연신 뒤뚱거린다 아빠, 안 웃겨?
사내는 슬며시 웃다가 이내 표정을 잃는다
아이를 안아주자 가방이 눌려 얇아진다
팔짝 뛰어 복도로 나가는 뒷모습

불안한 유빙처럼
몇 장의 이력서와 증명서는
회사와 회사를 떠돌고 있는 걸까
버튼 속 숫자는 아무리 눌러도
또렷하고 건조하다

엘리베이터는 지하로 빠르게 내려왔지만

사내는 아주 천천히 몇 촉의 침침한 등 아래로
발길을 떼어놓고 있다

수리수리 마수리

주문 외우면 살아지는 줄 알았지 버럭대면 설 자리가 있을 것 같았단 말이지 겨우내 출산한 목련 봉오리는 똘똘하네 뒷산의 혈기는 팔뚝에 새겨진 글씨와 그림을 비집고 나와 춤을 추네 가지마다 흰 주먹 덜렁 올려놓고 그냥 커버리면 좋겠네 수리수리 마수리 크는 줄 알았단 말이지 꼬드기듯 바람이 속삭여서 버튼 눌러대는

가지는 봄의 잔업을 단번에 무찔러버려 수리수리 마수리

올망졸망 어린 것은 잠시 저기 어디에 놔두고 가자가자 쪼끼쪼끼에 취하고 취하러 에잇, 꽃은 우는 거 아니란 말이야 겨울인지 봄인지 분간도 없이 어정쩡한 지푸라기를 나무가 입었네 그 밑의 발자국은 다들 어디로 갔나 햇살 마르지 않는 애기들 당당하여라 수리수리 마수리 고달프다 말할 수 없는 솜털들 바람에 실려가네

환절기

온몸으로 수평선까지 잡아당겨보는데
바다는 파도를 내밀지 않는다

잔잔한 물결 속에도 비탈진 통점이 있어
기침을 할 때마다 위액이 헛돈다

내 안으로 드리워진 몸살이 흐드러지면
거꾸로 매달린 뿌리들이 일어선다
수평선 위로 활활 타오르고 있다
붉은 환약 같은 태양이 구름에 접히고

바닷가에서 모래놀이하는 아이들 웅크린 등이
알약처럼 흩어져 있다
졸음은 바닥으로 가라앉고 있다는 것
바동거리는 파도와 포말 사이에서
삐뚤삐뚤 휘갈긴 처방전이 서로 기대고 있다

타는 바다를 통째 털어넣고
힘을 내보는 환절기다

라면

물을 끓인다
뜨거운 기운이 바닥부터 차오르면
방울방울 떠오르는 기포들,
왠지 모르게 차분하다고 할까
가만히 들여다보니
순순한 오후 같다

뜯어 털어내고 싶은 까끄라기처럼
스프를 넣으니 부그르르 끓어오른다
불순한 생각이 섞이면 저리 넘치는가
팔팔 대던 면발에도 붉은 물이 든다

면발에 스프가 스미듯
내 속도 자주 치밀어올라
얼굴색이 붉으락푸르락거릴 때도 있었지

면발이 굵고 구불구불할수록
익는데 오랜 시간이 걸리고
마음의 골도 깊을수록
그 안 미로는 멀기만 하다

면발이 취향대로 조리되어
스프와 조화를 이루는 것처럼
나의 기호는 어떤 생生에 길들여진 것인지

젓가락으로 면발을 감아올려
후,
내 안의 열기를 불어낸다

혁명의 본질

마당 가장자리 자배기 수반 속에
송사리 떼가 이리저리 몰려다닌다
비 온 다음날
그 너머 웅덩이에
한 마리 송사리가 들어 있다
어떻게 녀석이 거기까지 갔을까
혈기왕성한 젊은이들이 세상을 바꾸려하듯
자신만의 웅덩이를 얻은 것이다
튼실한 한 마리가

숨이 멈추는 순간까지
후회 없이 살아간다는 것,
생명은 움직임인가 느낌인가

몇은 이제 막 수반 밖으로 튀어나왔는지
파닥거리고 있다
구석에서 말라죽은 송사리는 한없이 쪼그라들었다
검은 한 점으로 돌아가고 있다

세상 밖으로 나가

파닥이다 말라죽는 일이 없도록
망을 쳐서 막아주기로 한다
혁명은 단 한 사람이면 족했다

어느새 새끼를 낳았는지
어린 송사리들이 보일락 말락 물거울 같은
수반 속에서 살랑거린다

생의 기로岐路들과 기억의 합엽合葉

백인덕/ 시인

1.

어젯밤, 누군가 잠시라도 밤하늘 올려보았다면 머리 위의 작고 또렷했던 빛일수록 더 멀리 빠르게 사라졌을 것이다. 물론 이 순간에도 그 별은 더 빨리 멀어지고 있다. 이것은 가속 팽창하는 우주가 지구라는 이 티끌보다 작은 행성에서 이해될 때, 과학적으로 증명된 불가역적인 '사실fact'이다. 이 사실은 그 행성 위, 존재 일반에게는 언제나 '공간은 확장하고 시간은 희박해진다'는 것을 의미한다. 달리 말하면, 분기점은 자꾸 늘어나는데 선택지는 훨씬 줄어드는 것이다. 이것은 배리背理가 아니다. 우주를 가로치고 (거긴 블랙홀도 있으니까), 자기 존재를 실존으로 드러내고자 할 때의 '시간과 공간'만이 우리의 불안과 배려의 장場일 수밖에 없기에 잠재적 가능성으로 들끓는 규모(가능태)를 이해하는 것과 감각이 순간적으로 지시하는 현실

(현실태)을 인지하는 것은 서로 다른 차원의 문제가 된다. 사실상 모든 생은 그 '유사성과 이질성'의 크기와 영향에 의해 개별화될 수 있을 뿐이다.

　허효순 시인은 이번 시집에서 우리가 살아가면서 불가 피하게 겪게 되는 '선택→ 변화→ 영향'의 의미와 그것의 '반복과 순환'의 가치에 대한 깊은 '통찰insight'을 간결하고 효과적인 이미지로 형상화한다.

　점 하나 보이지 않는 길은 그저 순백으로 잠잠하다
　걸으면 걸을수록 삐뚤삐뚤한 발자국이
　빼꼼 나를 돌아다본다
　나름의 질서다

　생활은 숨겨진 것이 아니라
　저처럼 조용히 드러나는 것일 뿐인데,
　이제 큰 길에는
　누구인지도 모를 발자국이 뒤섞여
　어지럽다

　시작과 끝이 다른 것 또한
　이 길이 나를 선택한 것은 아닐까

　　　　　　　　　　　　　　　　　　　—「발자국」부분

　시에서 '길'은 인생의 여러 양상과 의미를 가장 많이 그리고 강력하게 함축한 상징 어휘 중 하나다. 또한 '발자국'은 물론 수사법으론 길의 제유이기도 하고, 의미상으론 길이 거느린 계열의 하위 항목이기도 하다. 이런 이론적 이해는 길이 있어야만 그 위에 흔적으로 발자국을 남길 수 있다는 생각을 은연중에 전제하면서 길과 발자국의 선후 내지는 중요성의 차이를 드러낸다. 그보다 더 문제가 되는 것은 길의 중요성을 지나치게 강조하다보면 주제로서 행위자의 위치가 꼭두각시나 원격조종 로봇처럼 오해될 수도 있다는 점이다.

인용 작품의 제목이 길이 아니라 '발자국'이고, 그 계기가 "에돌아가야 할 길을 가로질러가기로 한다"는 선택, 일종의 자기 결정에 있다는 점은 주목할 필요가 있다. 가로 질러가기로 한 길에 남겨지는 발자국은 길에 대한 관념의 표상이 아니고 시인이 주체적으로 행한 몸의 감각적 행위의 결과이기 때문이다. 비록 "걸으면 걸을수록 삐뚤삐뚤한 발자국이/ 빼꼼 나를 돌아다"보는 것 같은 순간도 있지만, 자기 의지(결정)가 뚜렷한 표식으로 남은 그 길에서는 '나름의 질서'를 보게 된다, 나아가 시인은 눈 그친 뒤의 짧은 보행을 통해 "시작과 끝이 다른 것 또한/ 이 길이 나를 선택한 것은 아닐까"라는 다분히 존재론적인 질문에까지 이르게 된다.

같지만 다른 방식, 즉 질문의 대상과 방향을 바꾸는 것을 통해 시인은 '길(인생)'이 함축한 의미의 깊이와 영향의 파급 정도를 생각한다.

넝쿨장미가 방향을 어떻게 정했는지
저마다 줄기로 중학교 담장 울타리를 감아오른다

길 건너 왼쪽 오른쪽에 수원 월드컵 경기장과 구치소
가 있다

많은 길은 선택할 수 있으나
모든 길을 선택할 수는 없다
장미 터널을 지나 아이들은 어디로 갈까

소음처럼 섞여오는 이파리가 장미를 흔들고 있다
바람이 결정한 향기는 이내 운동장으로 흩어진다

몽우리 같은 아이들이 계단을 오르내리며
혼합 속에서 섞이는 개별
　　　　　　　　　　—「장미는 어느 길로 꽃을 내는가」 부분

　이번 시집의 표제작이기도 한 이 작품은 선택의 중요성
을 잘 보여준다. "길 건너 왼쪽 오른쪽에 수원 월드컵 경
기장과 구치소가 있다"는 2연은 어떤 선택의 결과를 월드
컵 운동장의 개방성과 구치소의 폐쇄성으로 대비하여 강
조하고 있다. 뿐만 아니라 '장미'를 전면에 내세우고, '중학
교'에서 연상되는 '아이들'을 원관념으로 감춤으로써 시적
효과를 극대화한다. 시의 표면만 보면, "넝쿨장미가 방향

을 어떻게 정했는지"는 확실하게 드러나지 않는다. 오히려 확실한 건 "바람이 결정한 향기는 이내 운동장으로 흩어진다"는 것인데, 유추하자면 바람이 향기를 운동장을 지나 아이들이 오르내리는 계단까지 잘 전달하도록 넝쿨장미는 담장 울타리를 감아 올라 학교 안에 꽃을 내기로 결정했다고 볼 수 있다.

그렇다면 향기란 결국 장미의 전언인 셈인데, "많은 길은 선택할 수 있으나/ 모든 길을 선택할 수는 없다"는 것과 "이미 떠나온 곳에서 멀어져갔지만/ 떠나갈 길이 더 위태로운 거라"는 시인의 통찰이 그 전언의 내용이 될 것이다. 물론 시인은 "장미터널을 지나 아이들은 어디로 갈"지 모른다. 아이들도 "이 질서가 어지럽"고 자기의 '계절'을 모른다. 그렇기 때문에 시인의 전언은 더 진정성을 지향할 수밖에 없다.

2.

주지의 사실이지만, '지나온 길'과 '쏘아진 화살'은 되돌릴 수 없는 시간과 공간의 확실한 표지이면서 기억의 특정 지점을 소환하는 강력한 이미지다. 물론 허효순 시인에게는 "낡은 의자에 핀 옹이는/ 누군가 눈빛이었던가"(「길을 가는 꽃들에게」)에서의 '옹이', "지금은 사라지고 오래된 고향 집터에는/ 아까시 나무가 들앉아 있다"(「옛 집」)의 '아까시', "저수지로 사람을 데리고 갔다가 일주일 만에/ 떠오른

바지를 안다"(「바지」)의 너무도 파랬던 '바지'처럼 시인만의 사연이 응축된 개성적 어휘들이 따로 있다. 다만 여기서 강조하는 것은 '지나온/쏘아진'의 시공간적 비가역성일 뿐, '길'과 '화살' 자체는 아니다. 어쨌든 생의 분기점은 '길'의 상징 위에서 쉽게 표면화된다.

　생의 기로, 즉 분기점은 그 지점을 통과하고 난 후에야 자못 선택의 순간이 명료해진다. 마찬가지로 그 선택의 결과가 차후의 선택에까지 영향을 미치고 있음을 깨달은 다음에야 그 기로의 의미가 분명해진다.

　　낯선 여정에서 마주치는 것들
　　때론 우회해야만 했던 날들
　　나는 그 어디쯤에서 이곳으로 접어든 걸까

　　앞차는 차선을 바꾸지 못하고
　　몇 대째 오른편 차들을 그대로 보내고 있다

　　방향지시등 깜박거리듯
　　나도 여러 갈래의 길에서 주저했다
　　갓길, 앞지르지 못하는
　　　　　　　　　　　　　　　　　　　—「초보운전」 부분

　　그는 한낮에 가버렸는데
　　나는 저녁에 찾아나서네

지금껏 어디에다 중심을 두었던가

수많은 결정이 이미 나를 길들여왔듯
때로는 지천으로 꽃을 깔던 봄날의 무게가
마른 잎 붙들고 있는 가지를 버텨왔던 것일까

지날 때마다 너와의 거리는
멀지 않았으나 좁히지 못했다
저 남천은 왜 한겨울에 혼자 붉은가

—「꽃은 피고 지고」 부분

인용 작품 중 앞의 것의 계기는 일상에서 드물지 않게 할 수 있는 경험을 토대로 한다. "차선을 바꾸지 못하는 앞차"의 뒤에서 자신의 '초보운전' 시절을 떠올리는 것은 그리 어렵지 않다. 앞차, 아니 앞차를 운전하는 이가 겪는 어려움이 공감되면서 끝내 시인은 "나는 그 어디쯤에서 이곳으로 접어든 걸까"라는 의문에 도달한다. 여기서 '이곳'은 앞차 때문에 곤란을 겪고 있는 길 위이면서 동시에 "내가 너에게로 갈 때/ 네가 나에게로 올 때/ 저리 망설였을까"에서 비롯한 시인은 상황, 처지를 중의적으로 드러낸다. 이 중의성은 생의 기로가 결코 일회적으로 지나쳐가는 지점이 아님을 반증하는 역할은 한다.

따라서 "나도 여러 갈래의 길에서 주저했다"는 표현은 과거에 대한 발언이면서 동시에 "우리는 여전히 길고도 머나먼/ 초행길에 있다"는 통찰의 기초가 된다. 아무리 비슷한 기로를 되풀이 지나더라도 인생은 결국 초행길일 수밖에 없지 않은가. 어쩔 수 없는 이 서투름을 시인은 "이정표는 동요 없이 분기점에 서 있는데/ 길이 없다는 막막함"(「SCHOOL ZONE」)으로 토로하기도 하고, 죽은 것 같았지만 받침대를 딛고 일어서는 시든 난을 보고 "살아 있다는 건 참 좋습니다/ 그렇습니다"(「풍란」)는 긍정의 에너지로 다르게 번역하기도 한다.

뒤에 인용한 작품은 기로에서의 선택이 결국은 연속하는 과정의 일부라는 데까지 이르는 계기를 보여준다. "그는 한낮에 가버렸는데/ 나는 저녁에 찾아나"섰다는 것은 어쩌면 이별의 불가피성을 드러낼 뿐이다. 따라서 '수많은 결정'에 이미 길들여진 '나'의 "지금껏 어디에다 중심을 두었던가"라는 물음은 회의이기보다는 자기 성찰의 뉘앙스를 더 강하게 풍긴다. 기로에 서게 된 것이 하등 문제가 아니었듯 어떤 선택을 내린 것 또한 그 자체가 문제시될 순 없다.

게다가 시인은 "가능한 모든 곳에 스미는 물/ 구석구석 파고드는 빛/ 저것들이 어떤 생각의 질량과 무게로/ 내게 스며오는 걸까/ 꿈에서 축축한 손을 쥐면/ 현실에서도 손에 땀이"(「꿈이 벽을 지나」) 배는 생활을 지속한다. 꿈속에서마저 "나는 저 햇빛과 물처럼/ 조건 없이 스며들지 못한다"는 사실을 아파하며, "그저 나는 걷고 있는 것"이라고 자신을 낮추지만 "깊은 꿈을 꾼 날 아침은,/ 다리가 저리다"고 직설적으로 토로함으로써 지금 이 순간의 시인 자신의 길에 대한 긍지를 드러낸다.

3.

시간은 미래로만 흐르고 그렇기에 한번 점유했던 공간을 다시 되돌아갈 수는 없지만, 우리는 그 지나간 시간과 공간을 되사는 방법을 이미 알고 있다. 생의 전부는 아닐지라도 기억을 통해 현재로 소환하거나 층층이 쌓인 과거를 형성된 결 그대로 오늘의 시선 앞에 펼쳐보는 것이다. 이런 작업을 '기억의 합엽合葉'이라 했는데, '합엽'은 경첩의 한자어일 뿐이다(제목을 대구 형태로 만들려는 의도였다). 경첩은 이질의 두 사물을 결합하여 열거나 닫는 기능을 갖게 한다. 경첩이라는 작은 보조를 통해 공간이 분할되거나 통합될 수 있다. 마찬가지로 기억도 분기점을 통해 같은 방식으로 열리거나 닫힐 수 있다.

침 한 방으로 나았던 열네 살이
빼꼼 병실 창을 들여다본다

내가 기억하는 나는 부질없다
또한 나였던 것들이 나와 마주서려 한다

깁스 언저리에 손가락을 밀어넣어 긁고 있는
손톱 사이로 내가 살아온 날들의 딱지가 끼어 있다

뒤로 갈 때마다

왜 자꾸 손목에 힘이 들어가는 것인지

휠체어가 회전하며 열네 살도 기울고 있다

하얀 치마저고리 바싹 마른 그녀 뒷모습

들국화 듬성듬성 하늘거리던

비탈진 언덕에 쓰러져 쉬던 지친 얼굴

ー「그러니까 결국」부분

　시인은 불의의 사고로 발목뼈에 금이 가 깁스를 하고 입원하는 상황에 처한다. 이때 "침 한 방으로 나왔던 열네 살이/ 빼꼼 병실 창을 들여다"본다. 시에서 일반적으로 말하는 회상 작용이 시작되는 것이다. 현재적 욕구(불만)가 기억의 창고를 열어 대체할 만한 내용물을 꺼낸다. 문제는 그 기억에 박힌 편린片鱗까지 되살아온다는 점이다. 인용 작품에서 그것은 '기울고 있다'고 형용된다. 구체적으로 "하얀 치마저고리 바싹 마른 그녀 뒷모습"이 보이는 것이다. 뒷모습은 시인은 그늘과 그림자를 생각하다 발목이 삐었다는 사실에 비춰 자연스럽게 연상된다.

　그래서 시인은 "그러니까 결국/ 앞으로 밖에 갈 수 없는/ 뒤로는 가지 못하는 미래를 열 수밖에 없구나"라고 탄식한다. 물론 이 탄식은 이 작품을 극적 아이러니dramatic irony로 만들기 위한 장치일 뿐이다. 이는 "소쿠리는 할머니가 담아주는 유일한 그릇,/ 머리에 이고와 내밀면/ 풋과일이

나 고염, 산딸기가 수북하다"(「소쿠리」)에서 느꼈던 정이 다른 작품 「기다림」에서 손주를 기다리는 노인의 안절부절못하는 자세에 반추되는 데서 잘 드러난다. 물론 이 "미래를 열 수밖에 없구나"는 탄식이 아니라 중의적 표현일 수도 있다. 앞에서 언급한 것처럼 '그늘과 그림자'를 벗기 위해 자신에게 남은 시간을 더 아껴 쓰겠다는 다짐의 의미 또한 읽어낼 수 있기 때문이다.

오래된 눈물을 가두고 있는 얼룩
결국
창문의 기록은 창틀 사이에 남는다

눈물도 고이면 먼지를 끌어들이며
딱지처럼 딱딱하게 굳어간다
엉켜진 얼룩은
수많은 눈물의 검은 유적이다

사람에게는 저마다 창이 있는 것일까
창틀 없는 창은 넘치도록
많은 것을 보느라 볼 수 없다

눈물이 투명하다고 정해져 있다면
검다는 것은 빛이 자글자글 타들어간
흔적이 아니었을까

창을 닦으며

창틈 꼬깃꼬깃 박힌

쉽사리 떨어지지 않는

응어리를 송곳으로 긁어낸다

보이지 않는 차이를 품고도

어느 쪽으로 내어야

창은 눈물을 감출 것인가

오래된 얼룩에서 눈물 냄새가 난다

—「창틀」전문

　오늘의 나의 일상을 또 다른 생의 분기점으로 만드는 것은 "오래된 눈물을 가두고 있는 얼룩"을 만나는 사소함에서 시작되기도 한다. 시인은 "눈물도 고이면 먼지를 끌어들이며/ 딱지처럼 딱딱하게 굳어간다"는 것을 알게 되었다. 그래서 "엉켜진 얼룩은/ 수많은 눈물의 검은 유적"이라고 선언할 수 있다. 주목해야 할 점은 이런 발견과 통찰이 '창틀'을 통해, 정확하게는 창틀을 닦는 행위를 통해 이루어졌다는 것이다.

　창이 없는 벽은 장애일 뿐이고, 창이 없는 벽은 결코 집이 되지 못한다. 분리된 채로 개방하는 것이 창의 기본 기능이기 때문이다. 마찬가지로 기억이 그저 창고에 담겨만 있다면 그것은 존재하지 않는 것과 마찬가지고 끝없이 흘러넘치기만 한다면 현재를 매몰시키고 말 것이다. 따라서 기억은 '옹이'처럼 분기의 흔적으로, '눈물 냄새'가 나는 '오래된 얼룩'처럼 현실에 경첩처럼 존재해야만 한다.

그러면 시인은 "땅 어디든 꽂아만 준다면/ 금방이라도 환해질 것만 같"(「어댑터가 되고 싶어요」)은 '벚나무'를 그늘 없이 바라보고, "거푸거푸 닦아 차곡차곡/ 크면 큰 대로 작으면 작은 대로/ 비집고 포개"(「설거지」)질 수 있는 세상의 그릇들을 닦아낼 것이다. 물론 "숨이 멈추는 순간까지/ 후회 없이 살아간다는 것,/ 생명은 움직임인가 느낌인가"(「혁명의 본질」) 대답할 수 없는 질문은 이어지고 또 이어지고 할 것이지만.

현대시세계 시인선 **108**

장미는 어느 길로 꽃을 내는가

지은이_ 허효순
펴낸이_ 조현석
기   획_ 백인덕, 고영, 박후기
펴낸곳_ 북인
디자인_ 푸른영토

1판 1쇄_ 2019년 12월 07일
출판등록번호_ 313 - 2004 - 000111
주소_ 121 - 842 서울 마포구 서교동 467 - 4, 301호
전화_ 02 - 323 - 7767
팩스_ 02 - 323 - 7845

ISBN 979-11-6512-108-2 03810
ⓒ 허효순, 2019

이 도서의 국립중앙도서관 출판예정도서목록(CIP)은 서지정보유통지원시스템
홈페이지(http://seoji.nl.go.kr)와 국가자료종합목록시스템(http://www.nl.go.kr/
kolisnet)에서 이용하실 수 있습니다. (CIP제어번호 : CIP2019045880)